ESTE LIVRO FOI COMPOSTO
EM STEMPEL GARAMOND E IMPRESSO EM PAPEL PÓLEN SOFT 80g
PELA GEOGRÁFICA EDITORA
SÃO PAULO, 2003

A terra inculta

Noites de província

Mediterrâneo

Rio verdadeiro

Metade da arte

O rio devolve seus barcos

Psicanálise caseira

Cartas ao inimigo

A alegria difícil

Índice

5.

resiste
como desenho de fóssil
dentro do tempo
contorno paciente de si
a salvo da viragem
assiste
inutilmente ao ir
das algas e vir das águas
turvo tocaia
e envelhece como pedra
afiada

Saint-Denis, 1994 – Borborema, 1991.

4.

um peixe não é
mais que um
peixe
quando espera na água imensa
um ser gasoso bolha
de arte
um peixe desliza entre o lodo
um peixe é um fóssil de passividade
um dorso turvo dentro da água
com escamas de dois gumes

3.

um peixe alheio
a toda dor mudo a todo
grito
senão numa coreografia
muda de espanto
seu grito é sem essência
sempre fundo
no olho na surpresa
de ir-se peixe e água e
a toda dor passivo e rouco

2.

o peixe é mais liso
do que o lodo escorre mole
entre as algas
luminoso como lesma
um peixe não tem mais forma
do que a água fria
tem
o peixe
no vão em que a água vai
maleável e dada
vai

O peixe

1.

o peixe
mudo em toda água turvo
em todo verso
no lodo lento o peixe
é um ser
mudo que desliza
água sempre fria que esconde
o dorso escuro do
peixe mudo

A EPOPÉIA do rio é o que vale
esta pena a travessia grande
loqüente remontando sua fonte
mas se há pena é a da terra ardente
onde o curso d'água de que se bebia
quase sempre invisível se fazia
abafado sob a pastagem infinda
numa terra em que o córrego
saltava como a espada do destino
entre tufos secos cristalino
brilhante fresco pedra preciosa
com sua fonte origo fontium aflorando
da terra seca e se chamava mina

O RIO se arrasta veste sua realidade
de água em contínuo movimento
(pescadores cor de barro perfuram a flor
do rio com a força de seus remos
traçam em seu trajeto inclinados sobre a proa
a perspectiva do refluxo das águas)
o filho do rio contempla a imobilidade
aspirando à sua realidade de pedra
diálogo amoroso entre animal e mineral

A máquina do mundo

do rio só se sabe que nos cerca
nesta terra de pedra e fixa
arada pela fé dos homens e pelo tempo
ela guarda um astrolábio primitivo
seu horizonte esquadrinhado em graus
em torno o sol não se move volta
dar-lhe permanência e esquecimento
do rio só se sabe do alto que nos fixa
com olhos que escoam são horas

NO TEMPO em que o rio era um caminho tranqüilo
para o desconhecido no tempo em que a água
tinha a transparência do ar e da árvore
em que a indiferença da água adormecia o cão
e o canário do reino nas casas de madeira
naquele tempo em que açudes e poços
e todo líquido inerte confirmavam a regra do rio
no tempo em que as enchentes davam margens
e regime ao rio e as barragens eram um refinamento
de espírito incompreensível no tempo-velho
em que não havia barragens
o que pode conter uma barragem senão a força
do hábito adverso as correntes represadas
desafiam esta margem terceira nenhuma
margem impede que o rio se revolva sobre si
como um verso

Dentro do peito dos filhos do rio o rio
é um vegetal que cresce invade vegeta
que os carrega consigo planície adentro
dando costas ao mar à brisa corrosiva do mar
o rio tem margens como não as tem o mar
comprido como a vida o rio tem barrancos
único rio que se afasta do mar escapando
de sua viragem se estende na planície
vai espalhando seu húmus sua bênção
acumulando peixes suores detritos das chuvas
escorre mata adentro o dorso escuro
comendo cobra comendo fruto o rio
tietê do tupi tiê e'té tié verdadeiro
pássaro da família dos traupídeos SE do Brasil
nome próprio de brilho negro abdome castanho
avermelhado pescoço com manchas amarelas
um retorno às árvores da planície movimento
contra a deriva contra o movimento
uma volta um indo para dentro do peito
de seus filhos vegetando afluindo lentamente
do alto dos seus cinturões de concreto sob sua
voracidade um povo lhe rende graças
pois quem da sua água bebe dele jamais
se esquece e sua semente cresce invade vegeta
peito adentro anti-letes do planalto pássaro
negro na paisagem banhando cal e esperança
os vivos dele bebem e se lembram da morte
os mortos ao seu influxo sentem a umidade
que os corrói como todo movimento mineral
inerte no planalto rio do esquecimento o rio dorme
em seu leito escorre devora vigia e dança

O QUE É o rio o rio é uma ponte
entre mundos distintos é uma estrada
deitada sobre o abismo uma nascente
a precipitar-se nas noites escuras
é o abismo sertão da própria vereda
refletindo o avesso de campos e matas
perturba o sossego de toda a natureza

RIO VERDADEIRO

Devagar carrega cal e esperança
corrói a pintura das casas escorre
por todos os vãos a chuva
desmancha o engenho do homem
carcome o que ele inventou
depura as pedras das casas as pedras
dos túmulos cada desafio
a chuva cai devagar num dia escuro
lavando o homem até os ossos
e quando o sol reaparece desse garimpo
no dia limpo brilha um rio

Fora à procura dos homens o velho
tinha o sol como coroa dando as costas
ao labor inútil das prateleiras da casa
grão de bico ovos sobre palha feijão
malhado cada coisa procurando sua cor
a penúria mais estrita e um cão se via
pela porta do fundo que saía além
se derramava um mediterrâneo de luz
além da pausa de vida que entretanto
impunha a violência pura pedir o soldo
sob o olhar severo de quem devia
e o mais doloroso receber no rosto
o gesto que finalmente concedia

A Eugenio Montale

meio-dia o sol apaga as arestas
a brisa perpetrou o mormaço
estalo de folha seca palha de milho pássaro
o tempo dorme com suas estátuas
a sombra encontra-se inteira com seu corpo
todas as coisas intactas
na hora morta do dia as formigas
sobre a sintaxe da terra inculta elaboram
sua tácita filosofia

Mesa de cozinha

no inverno os fogões tinham cheiro de cinza
sob o café vasta superfície de omissões
cavalos batiam cascos pacientes
a roupa era um peso estranho sobre o corpo
o inverno devastou a superfície das mesas
igualou odores sutis e a aspereza dos dias
do inverno nascia o discreto fausto do verão

Por alguns anos amei as colunas
nas colinas da cidade
colunas quase gregas monumento
feito de tempo mais que perfeita incongruência
amei-as mesmo aprendendo
da geografia as verdades da espécie
frágil desafio para quem ama
ainda as vejo com meu olhar oblíquo
seu verniz sepultar-se sob a poeira
da terra em vermelho pálido
hoje passo por estas colunas sem pressa
perto delas quedei-me mudo

A LEVE INCLINAÇÃO do teto lembra a forma
com que os homens usam chapéus
cobertas de um bolor verde e ocre as telhas
têm cor de terra úmida sob folhas baixas
de laranjeira tapete de feltro as telhas de fato
são de um barro de antiga fabricação
sob sua sombra uma aranha se pende
um ramo de alecrim roça a parede azulada
nessa intimidade e em sua tintura um branco de cal
emerge meticulosamente na direção dos braços
de lenho santo que sustentam a porta
um suporte a seu ambíguo comedimento
no céu azul uma nuvem branca passa devagar
como um pensamento lento

O MAPA da cidade foi comido por cupins
de corpos translúcidos do antigo descaminho
restou-lhe a certeza de seu coração tácito
sua calma prudência de sedimento
e de rocha terciária no coração da planície
abandonada a cidade construiu o deserto
com seu coração terrestre no centro do vazio

No meio das abelhas uma flor
seca morte que se edifica
no fundo do mel o nada era
miragem que eu via mirar-me
esquecido na estrada vaga
o sol caindo como castigo
o castigo que é a minha terra
com sua ignorância de flor
insensível ao atraso do meu tempo

Se uma criança os visse talvez julgasse
severos os homens daquela estirpe
quando cruzam as pernas e olham calados
os passantes as aves de suas tardes
e esperam que uma faixa de sol ilumine
outras faces de suas bem traçadas vidas
talvez os olhasse como um puro rosto
um senho armado para o ato
mas as crianças são raras e sua força
de desordem perdeu-se
com o espelho da última mudança

Muita discrição abole as cores vivas
as cores quentes a flor do que é a vida
aqui somente o verde é profundo
emergindo das casas dos fundadores
uma árvore cheia de frutos
a discrição encheu de pó as estradas
enferrujou a água dos córregos
com seus ares de infinita modéstia
quando uma flor vermelha desabrocha
é num vaso de igreja que se transmuda

Do LESTE sopra um mediterrâneo de colinas
secas forte vital que enche de seiva
as árvores plantadas pelos antepassados
um homem sorri erguendo o braço
seu gesto de estatuária nos deslumbra de presente
aprofunda a canícula o branco das paredes
neste jardim quando o gesto se repete
cada homem veste sua túnica de linho
proliferam as visões de coisas novas raras

MEDITERRÂNEO

Rondel

dorme menino entediado o vento
vai polir a pedra ponce do seu túmulo
vai soprar as flores secas do seu ombro
cantar como a desconhecida e calar
como um convite a seu recolhimento
come agora o mesmo pó que nos consumia
não tema ir sozinho estar calado
em sem-sem-gente está bem acompanhado
as casas murmuram sob a chuva e você
bom menino dorme não mais o condenado
ao outro a amar para ser amado
você é outro deixe que o abrace
por você eu morreria

Pora-pora-eyma

a noite acorda sem galos sem marchas fúnebres
que mês mais cruel quando inculta é a terra
que nome mais próprio no man's land waste land
um nome que já é um voto de solidão
que é como dizer um árido sentido de volta
quando a viagem precede o sentido da volta
como não voltar engolir o pó do estio
dar passos pesados dar o passo por vários
ver levantarem-se fantasmas hereditários
deserdar-se porém à lírica efusão de um carnaval
à vista de um don quijote desonrado
num baú mofado e comido pelos ratos

Nasci aqui com as primeiras horas
de mãe e água e do frescor da idade
numa rua de terra que se esqueceu
sob o cabedal de luminosidade
com que o sol me calaria discreto
parto repassando nos dedos
infinitas contas do terço último
mistério que contemplo destinado
como um dia ao outro quando volto
é que rio

NA TARDE RURAL a tempestade
assombra com seu abismo de cores
as portas oscilam vacila a chama da vela
pássaros voam todas as coisas escurecem
caladas piedosa aceitação da sorte
uma luz de bronze se imprime nas paredes
sobre o rosto batido do homem que considera
o caos anúncio de um breve sossego de coisas
em que virá com força a água ei-lo
um homem e a paisagem vazia
da tempestade que não veio

NO FIM
do dia em que morreram o tempo
escureceu o céu era lápide para seus nomes
pás batiam na superfície da terra seca
como doravante seus olhos seu último sopro
umedece imperceptivelmente a face distraída
daqueles que ficam vivos
a gramática dos elementos
já retoma sua conjugação homens e enxadas
confundem-se com os dedos róseos da aurora
costurando um forro de labor sob o silêncio do dia
janelas se cansam o rio brilha pelo avesso
o sol e o verso repõem tudo mais ou menos
no começo

UM VELHO passa com seu chapéu torto
a mãe pendura o moleque no pescoço
o pequeno responde ao sobressalto
do velho e o velho ao do sol alto
estas sesmarias são filhas da paisagem
o rio lhes dá margem com suas margens
toda analogia é negócio de família
balsa e ponte chuva e corrente poesia
a criança põe os pés dentro da água
e no silêncio ela sente um calafrio
algo brilha debaixo das folhagens
um parente morto uma frase da paisagem
a criança tira a roupa na tarde vazia
e toma com medo um longo banho de rio

DESDE ENTÃO as nuvens são vertigem para os olhos
vieram é verdade mas da aventura só um grão
não virou raiz a ventania foi mais forte
que o desejo e o acaso fez o resto
toda vida empenhada num instante e agora
nesta noite imperturbável de província
carnavalescos passam grilos em suspenso
o velho solitário sem remorso
olha as estrelas e procura o norte

Em cujas sesmarias as lâminas ainda matam
um olhar fixo mata
a umidade dos rios antecipa a putrefação
dos mortos
e sombreia a testa da criança esquecida
no colo como um pacote

A ESTRADA corta o lençol ocre da planície
e ensina ao rio sua geometria
a estrada constrói seu próprio túmulo
(abandonado sob o sol o asfalto queima
os pés do viajante solitário e expia
sua velha culpa sob o pó da estação)
na calada do dia os tratores e o mormaço
confundem as placas de sinalização
a civilização não tem direito de cidadania

O RIO é um leito ele dorme estendido
na planície que lhe dá descanso
ele dorme em um sepulcro é seu sepulcro
a terra gasta que o guarda manso
o rio é um curso ele rola escondido
sob si guarda oculto seu empuxo
sua margem de terra branca não se sabe
se é marca da passagem ou do seu vulto
o rio vigia a cidade
as luzes se acendem quando anoitece
do lugar mais alto os mortos contemplam
a sina oblíqua dos cursos d'água

VIAM o mundo com olhos molhados
alguns atraídos pelo elemento fizeram
a travessia do mar a travessia pelo rio
adentro nas terras da planície
vieram até aqui para enterrar seus olhos molhados
na cova quente onde jaz o rio

À MEDIDA que chegavam
na linha do equador e seus quiasmas
desfaziam-se dos velhos frutos da Europa
podres em malas de couro batido
tiravam primeiro o casaco
a roupa grossa de cristão
guardavam os nomes de família num baú com seus
[espólios
perdiam a brancura e o sotaque
e no fim do percurso uma ponta de terra
ainda bem longe avistada
deslumbrados de futuro
procuravam na memória a palavra adequada
e não achavam

NOITES DE PROVÍNCIA

A terra inculta

para minha mãe

para meu pai, in memoriam
"às margens do grande rio"

O MUNDO não existe para acabar
num livro pois que talvez a última
página me diga que estou vivo

O ÚLTIMO HOMEM não será elevado
a bibliotecário dos sentidos
antes de ser enterrado com seus medos

A FIDELIDADE não tomará o partido
de coragem mais fraco e de coração
educará a alegria nova dos começos

AMIGO é aquele de quem me despeço
a vida nos protege da solidão

São José do Rio Preto, 1997 – Saint-Denis, 1994.

TERCETOS MORAIS E UM DÍSTICO

Fuga 2ª parte: episódio divertimento

vozes sem mundo as vozes da virtude
que virtude senão a virtuose a eficaz gravidade
do instrumento e enquanto a tropa avança
o mundo descansa um prelúdio de coisas
aquém sem dúvida da dúvida em seu retiro
o tom heróico é um campo de batalha
botas entrando na lama na matéria indivisa
assonâncias enganosas levadas na sola
dos pés ao descanso em paz de alguma poesia

Sutileza má

são vãs sutilezas segundo o moralista
compor um poema cujos versos
comecem sempre com a mesma letra
combinar palavras alternar estilos
inúteis a literatura potencial e a biblioteca de borges
a rima que se procura vaidade frívola
é vã subtilidade o pensamento
quando obnubila a vida
exemplo o filósofo que defeca ao andar
para pensar sem perda de tempo
(esses humores transcendentes)
estar cagando e andando entrementes
seria uma vã filosofia?

2. não alimente oposições sem fundamento
o calçamento pode pairar sobre as cabeças
o céu está a seus pés passe por ele
como quem caminha sobre as estrelas
(deite-se erga o tronco apoiando o cotovelo
aprume as pernas para o alto e siga)

assunto: essência da poesia

Bloco de notas

1. olhe sempre para baixo enquanto anda
como se ainda pudesse pisar em carrapicho
manter os pés no chão causa boa poesia
lagartos e sarjetas têm potencial analítico
(o calçamento contém em si o avesso
da terra instaurado pelo passo civilizado et coetera)

O poeta resolve ser Borges

percorreu as sombras do sonho de um outro
ulisses rumando para o sul sem os meios de voltar
dividido entre o porvir da geração e a faca
por vir suas mil e uma mortes ushuaia railways
conduz seu coração calado amando o impossível
e com tão vulnerável ambição de trair o destino
o poeta resolve ser borges
            vá poeta fazer um nome literário
do argentino terá os olhos do grego a linhagem
seus poemas terão um valor de capa
e o fim da tarde as suas mariposas desde que
não queira tomar aos turcos o peloponeso
sem amargor confie-me a encomenda
do panteão construído para o seu esquecimento

Fuga 1ª parte: exposição contra-exposição

plante uma árvore o vento vai arrancá-la
volteie no ar a criança parece que vai
largá-la escolha no final do verso a poesia
imperfeita o meio não tem fim continuar
capturar fundir esquecer abdicar
até que o equilíbrio revele seu deserto
a desabitada geometria a calmaria bruta
como um jardim à francesa arranca
porém algumas restam como que árvores

3.

você mais do que ninguém respira
os ares da nova poesia sem pia
para se benzer sem a palavra fria
que o tempo só para você guardaria
rumo à poesia perfeita à natimorta
filosofia você respira é o seu corpo
que conspira seu pulmão confirma
que o mais novo é o que se carboniza
a poesia é o ar que você respira

2.

tudo é névoa e nada mas o que é névoa
a névoa é vaidade do nada como o verso
é vaidade do inverso da prosa pura sem
interesse próprio feito amor do próximo
verso metáfora lancinante cruzado cristão
morto redimir a sua culpa pela prosa
é sua guerra de boteco deixe que o beije
conceda à vaidade com ar da sua graça

Arte nova

1.

impor à sintaxe um corte de desmesura
pela mão levada expressamente a voltear
mal medindo o metro da cesura voluta
a bem dizer redoma do indomável orgulho
revoluto e pensar que depois de tanta pena
surgir assim estar aqui do lado parapeito
outrora anônimo metal espiralado atravessa
o século fazendo a prova da ferrugem

O POETA RESOLVE SER BORGES

A morte terá meus olhos

o pálido sentido da palavra morte
batido sem trégua num espelho de dias
mas como habituar-se com essa literatura
que preenche a vida de corpos e afasia
terrificante ainda a credulidade
por exemplo a dos olhos duplicados
na superfície inquiridora deste vidro
me interpela um anjo não nascido
(os olhos são bem mais velhos que o olhar)
um anjo que brinca e depois anuncia
que os olhos são velhos e lhe pertenciam
que um eu ali se consumia

2.

o tempo é longo para entender
a vida toda para entender o vivo
cai sem ter tido a última palavra
a de ter querido a de ter se feito
por todos os meios à convivência
dura do defeito do lado esquerdo
o coração colado do lado de dentro
e tanto mais independente pulsa
o entendimento como artifício
de cujo ritmo depende a prosa
pára o tempo finalmente perfeito

Simétrico defeito

1.

tão curta e imperfeita como
o pensamento perfeito
tão sobeja e opulenta como um beijo
no rosado jovem do seu peito
mas inconstantes são o córtex
a química do desejo surpreendê-la
dançando nua no escuro
girando em torno de mim
me desconcerta me embrutece
tenho medo de nada
menos do que tudo recomeça
até quando como saberei
este imperfeitíssimo segredo

O que se disse a repeito do amor

não o amor não é tudo não é mais forte que a morte
porque não é mais forte que a vida mas o amor
que tenho e temos e a vida são o mesmo
que o recato sem cerimônia dos seus modos
fora de mim como que refletida no amor a vida
diferente do amor em lhe sendo indiferente
a vida que tenho e temos elevou-se como amor
contrato firmado pelo tom da voz a suspeita
porém eriçada contra nós ambos consumidos
pelo fim atentivo que nos vigia e nos libera meu
amor a vida não nos terá sido indiferente

Você me fala olhando o pátio desolado
mal percebeu seu alexandrino
eu o procuro no seu rosto
mas os olhos já foram desviados de seu tempo
e solidão é de estar aqui junto de você
se há dor é de esperar sua chegada
penso em nossa humanidade mas você tem olhos distantes
pela janela vê-se a chuva levando nossas virtudes
esta chuva estrangeira

Depois do amor

se um dia morrer o amor que nos une
se por descaso ou descuido eu estiver
enganado e o lóbulo da orelha esquecido
perder-se no espelho da sala ao lado escute
agora o que lhe digo esta voz que lhe diria
que a prefiro e para dizê-lo você será preciso

Natureza morta com flores secas

estes íris secos estas pétalas estateladas
já não aquecem os dedos dos amantes
já não irrompem aos olhos dos amantes
onde floresciam e eram colhidos sobras
de cultura sombra de outros jardins hoje
como pássaros achatados pela negligência
empalhados sob o vidro pálido do sono
todas as noites o espanto de sentir suas raízes
crescendo como as veias dos próprios olhos

DEPOIS DO AMOR O POEMA

Túmulo de Ícaro

lâmina de aço levada por si mesma
a penetrar a cúpula celeste e o silêncio
medida da própria envergadura rasgando
nuvens em cuja borda uma dor azul se
abre passagem pela qual o céu sem fim
é comparável ao intempestivo (mar)

Dar consigo mesmo numa esquina
passar através de si sem se reconhecer
partir do lado oposto olhando a vida alheia do cais
e o sol posto
você ouviu o que disse o bom gosto
andar com as mãos nas costas olhar para as putas no rosto
deixar amigos na gare e as virgens no porto
escute agora o que lhe digo isso é pura delicadeza

Noites de verão em Nuremberg

havia lido hegel demais para sua tão pouca carne
(o fantasma do espírito agitava-se como um desespero)
as linhas de seu rosto não ofendiam o cânone clássico
mas suas entranhas se atrofiavam na proporção do ideal
chegou a pensar que uma assimetria repusesse o corpo
em seu lugar considerava a rima extravagante fantasia
não admira que lhe dessem náuseas a itália e a poesia

Tempestade nº 2

na hora em que o sangue é lento e os jogos se calam
o assombro vem das gotas projetadas na poeira
os espíritos dão consigo a grandes passos
um sopro de vozes despertas bater de roupas no vento
que correm dando as costas ao velho estupor cães pássaros
passam vôos que se alçam quanta concordância na
[desordem
repentina sinos de igreja dobram a hora exata
em que a tempestade lava a terra surda do parque
no coração morto de um domingo

Jardim à francesa

eu com minha idade sentado num banco de praça
meu coração era do tamanho do mundo
feito do seu elemento de água rumor e ornamento
duas alamedas duas fontes se escorrendo
meu coração era do tamanho deste mundo
ora assim igual a si mesmo ora se
desconhecendo
mas meu coração é menos perfeito do que esta praça
às vezes se lembra e dificilmente
da hora exata do retorno do tempo
meu coração às vezes tropeça projeta uma perna
sobre a outra
se interrompe mudo parece
que pensa

Saigon 6 horas da tarde

cruzou o caminho como um agouro
um homem sobre a bicicleta encardida
se demorava não tinha marcada nos traços
a melancolia mas o hábito e assim tardava
a desaparecer por trás dos dias só o sol
com seu fausto na descida das colinas
parecia necessário só ele repunha
no começo de tudo o retorno da noite
e a longa sombra do ciclista se extinguia

Durante a viagem as estradas são argumentos
mudos as paisagens se perdem sob o temporal
como que em atraso para o modelo o tempo
retirou-se e eis que as luzes das cidades mais amadas
parecem incrustadas nas encostas como diamantes
é belo penetrar de noite em sua úmida claridade

METAPHORIKOS

Adágio para um amanhecer

eis que o dia se promete com elipses rei
do sul soprado pela aérea cortina
comedimento desatento engenhosa a rotina
e a manhã recorta meus perfis o esquerdo
esculpido num espelho pela noite astúcia
da natura o direito é pardo torto o dia dilapida
que o dia virá é sua simplória crença
que ao que dizem como o dia míngua
e no pátio seco como a ausência de amor
a dor não é somente a véspera
de uma medicina mais perfeita de sal e ácido
pois ainda que poéticas ensinem o benefício da farmácia
o corpo da alma está além da própria poesia
panacéia não se calcula e se é dor o que se toma
quando se usa a cura assim se dissimula
mas novamente a manhã trouxe pigmentos
a nossas íris descoradas e com a figura
turva refletida no café estamos prontos
para o milagre o final da dor o prazer atento
insidioso o cansaço pianíssimo sempre

E SE TUDO não passasse do sonho de um homem discreto
que acordando na manhã de inverno ainda escura
e buscando um motivo para levantar-se vira-se na cama
e pensando que pensa agora sonha
como será seu dia depois deste sonho? quem
amará que livros lerá o que beberá
na cantina de costume? irá ainda ter na cantina
de costume? tomará ainda da pluma? talvez
a vertigem da insignificância o entorpeça sobre a mesa

A uma flor de maio

na cidade dos reis merovíngeos
e cristãos clóvis o plano
tem mais volume que seus anéis
de sua carne nem se fale ossos
cheios de medula óssea e os olhos
absorvidos pelas tautologias do tempo
de pé você fala deitada dorme
sua história não se destina
à pétrea vigília dos jacentes
súbito foi seu casamento
com os grãos de vento do saara
evento precioso para esta primavera
de flor amarela e vermelho nascente

Sobre pão e frutos

a colher volteia o açúcar se eclipsa
sem razão novo e meticuloso repetir-se
doçura é pouca tão longe do amor por que
voltar à morna inflação de consciência
acolhendo cada dia com seu método
eu faço a prova do inútil copista do torno
e do retorno longe do amor sobrou-me isto
saber que tanto gesto e tanta língua
tanto escrúpulo cultivado estará perdido
no mesmo dia do descanso em outra língua
que no entanto me faz o gosto talvez
o amor volte discreto mas composto
com o pão e com os frutos pela porta dos fundos

Trezentos anos Voltaire nascia

verter o café num dia sem cor o cálculo
do açúcar a colher inútil a voltear
mas olhando de dentro da espiral de fumaça
mil poetas absortos não obstante mortos
talvez se digam que quebrar esta xícara
bastaria para mudar a vida changer la vie
decidi ser feliz faz bem para a saúde
diz um deles livre uni-me ao aniversário
de sua ausência flor do ébano glauca

O SILÊNCIO chega sempre de surpresa de dentro
das coisas que se olham esquecendo que se vê
este receio inexplicável das tardes vazias
é o anúncio e a prova de sua incerta presença
cada tarde à revelia dos livros que nos cercam
dos versos que se vivem sem nenhuma discrição
uma plácida ignorância ganha aquele que tem medo
abole o contorno das coisas sólidas e dos rios
ignorância de tudo da própria humanidade
indiferença ao sopro da velha indiferença
viver em adiamento ouvindo passos de pássaros
mas quando se adia todo o resto que não houve
quando a frase arrasta suas próprias incertezas
já o alarde da memória debelou o silêncio

O lagarto verde

quanto desalento idade esquecer
a bengala num ângulo de jardim
assento da velha serenidade
ver o lagarto verde que se esquiva
como a vida toda num momento
quando já é tarde a se perder
uma vez mais como se fosse a última

Memória

alguns anos passei ao lado da mesma mesa
da mesa-em-si invulnerável à mobília
copiei o ditado do cansaço enquanto
narciso e cupido brincavam de cabra-cega
(um deles me olha em plena trajetória
e não sei se me vê ou vê o curso da história)
sei somente que crianças passavam à flor-d'água
que de manhã inventei taças sujas sobre
os móveis para algum improvável descortino
não me lembro do tabaco do odor das mandarinas

Passante para Charles Baudelaire

em torno a rua é tumultuoso engano
um velho cartaginês empurrando uma criança
traz na boca um refrão de outros tempos
e a criança esquecida ensaia o mesmo canto
confunde sua voz com os dedos que balança
foi-se o ancião ficou de tarde a vasta quietude
um grande deserto de silêncio vigiado
com que a noite se apresenta a seus iguais
e eis no entanto que agita o forro do casaco
de neblina entre as luzes amarelas e se vai
cansado cansaço que eu quis tornar um confidente
você que tão prontamente me traiu

Na cidade dos reis

condenado a fugir da inocência
em dias brancos de verão a penumbra
sem rosto sentada à sua mesa
do dia só se guarda a falta de desejo
a memória achatada como um pássaro
morto o interminável corpo caído
corpo subindo sem glória pelas escadas
dos fundos a seu sublime de aluguel
mistura de inverno e lama suja

O Sena cor de terra

deste lado o rio do outro a ponte
inabitável ainda ontem ostentava a tradição
vetusta enxuta verde trio das águas
a enchente mudou a paisagem
fez-lhe saber sua mal formada grandeza
pois a água e a pedra entalhada
trazem em si argila comparável
vinda da mesma abissal campanheza
sua cor é testemunha

NA CIDADE DOS REIS

Moralidade

a virtude retirou-se levou com ela
o consolo de seus retiros
um império restou um feixe de nervos
a compulsão da memória o ciclo das estações
e apesar da verdura os anos não se bastam
e não basta a medicina l'imperfection est la cime
preceito sem regra laboriosa é a vida
com seus longos prolegômenos para o vício

Nomes

alinhavar nossos nomes como o alfaiate
dando remendo ao cansaço de um outro
passando da prosa à dobra difícil onde
por amor e por ofício e caindo no abismo
depois de três mil anos uma voz captura
o enfermo que no estupor se procura
uma voz no entanto chamou-o pelo nome
o corpo tenso minha própria voz extraindo
o amarelo exsudato de leite sangue e osso
do fundo de nossa inesperada fraternidade

2.

o primeiro contato são os olhos
cada olho é um índio um ímpio
um líquido que oscila entre o abraço e a cólera
veios de sangue como que lhe sobem
é um pedinte ainda jovem
entre a ameaça e a bênção
o outro não diz a que vem é a mão
pela qual vida e morte nos são dadas
é a graça aquilo que não se paga

O inferno e os outros

1.

ele passa com óculos ensebados
trajes corretos devidamente encapado
não me olha na cara não tem cara de nada
impassível infiel fora da humana crença
da paixão apartado o outro não é
não tem é privado
atravessou a rua como se atravessasse o hades

NÃO SE DIZ voltar um rio se vai
com espirais de alga se devolvendo
não se diz ficar quando ascende
pela onda ao espírito do movimento
nunca as mesmas águas mas por revide
sempre remontando sua fonte
não se diz sugar do rio extrai-se
pela linha tensa o dom da completude
(as sanguessugas remontam pelo corpo
às veias abertas do rio de oiro)
ao rio se vai não se diz voltar
com seu sangue próprio ao que o reclama

A DOR não é diferente da palavra
que se pronuncia em voz alta já que o corpo
necessita eis a coragem inesperada
você segurava o copo com as duas mãos
curvado sobre a mesa levantou-se e agora anda
esta tarde descorada que o estreita
nos braços como uma ameaça
é a herança que lhe deixa o mundo
que o obriga a cotejar o insuportável
mas você se deixa tomar nos braços
como se tivesse decidido você decidiu
é seu mais estranho sentimento de ser homem
levar diante dos olhos a visão desumana
uma visão divina se precipita se percebida
a dor a anuncia e é prova de seu império
você decidiu como que o inevitável
a sua coragem por vezes nos desespera

Mau infinito

persiste a dor a dor não é
somente a erosão artista
não se diz dor da dor despida
incapaz do hábito e da fratura
da dor a dor não se diz não
se diz seu não-dito não é mais
nem infinito não se diz dor
sem trair o que da dor se escorre
(sua voz frágil me comovia
meu deleite lhe era insulto)

Dor

não se diz rasgar rasgar um tecido como só as mãos
festa vital do barbarismo rasgar a tela de linho longamente
[encerada
abrir um sulco uma esteira um traço olhar por dentro dele
(você se demora na janela o vinco do seu decote
o hábito de dilacerar as folhas do caderno)
não se diz reter o vislumbre da carne pela camisa mutilada
pele retraída ao toque cerimônia do intelecto que se avalia
guardar a coisa pelo avesso posse da coisa ida
(o ato sem causa de uma chave colocada no contato)

A PALAVRA E A DOR

com espirais de alga se devolvendo /.../" Ou atalho, caricatura: "*Femmes, monceau d'entrailles*", mulheres, monte de entranhas, diz Rimbaud. A tipologia está por ser feita. Há a maledicência e há a bênção, e no meio, se posso dizer, há a neutralização irônica, que muda de escala, que perde de vista, que vence pelo cansaço.

*

Reconhecemos Marcos Siscar.

Michel Deguy

costume? tomará ainda da pluma?" p. 101); ou com seu tom elevado do século XVI na primeira sextilha de *Depois do Amor* ("se um dia morrer o amor que nos une / se por descaso ou descuido eu estiver / enganado e o lóbulo da orelha esquecido / perder-se no espelho da sala ao lado escute / agora o que lhe digo esta voz que lhe diria / que a prefiro e para dizê-lo você será preciso", p. 113). Ele espreita o visível que transborda de exatos comparantes para o que procura dizer ("a memória achatada como um pássaro / morto"). Ele joga com a homonímia, com o procedimento hipogramático; é a virtude do entendimento poético.

"Assunto: essência da poesia" (p. 126). Os oxímoros são os atalhos da verdade, pois *natimortos* (p. 122), por exemplo, todos o somos.

Ele despontua, segundo um hábito centenário, certamente, já que o ganho é considerável: desencaixando as "associações", encadeando, escorregando, a frase faz-se geminada, cissípara, hermafrodita. E a frase despontuada obriga o leitor a retomá-la, a relê-la; a começar a aprender seu lancinamento – decor: "coração do tamanho do mundo" (p. 106).

Como se falava no século XVI de *vers rapportés*, versos que podiam ser decompostos verticalmente em subconjuntos, seria preciso falar de versos trançados: tramados com três ou quatro fios que se encadeiam. Tudo é perífrase para enclausurar o que se esquiva. O poema usa de rodeios.

Não há senão perífrase e paráfrase. A paráfrase é o meio do pensamento. A perífrase é a energia da nomeação; ela dá o troco, "a equivalência"; palavras POR uma palavra; ela "coloca por" – e se nos lembrarmos da definição da metonímia de N. Frye, ela é então um modo da metonímia.

Haveria a necessidade de uma tipologia da perífrase, a qual se aproxima do que deseja e substitui sua aproximação do nome comum, comum demais, pela alcunha da "coisa" que procura nomear. "/.../ não se diz voltar um rio se vai /

Prefácio

Em que reconhecemos um poeta hoje? – pois sucede que já não se procura tanto reconhecer um poema quando abre-se o livro de poesia, mas um poeta; se é o caso, se ele tem o tom, o tempo. Ainda? Procuramos um homem, um "último homem" com sua lanterna da *Gaia Ciência*, e encontramos um autor. Ou, talvez, não procuremos nada e encontramos um homem.

Nós o reconhecemos pela liberdade de movimento, pela desenvoltura do pensamento que se arrisca com corte e *enjambement*, com descontinuidade e fluidez – em ritmo. Pois, ou diremos que a poesia não pensa (este não é seu negócio, afirmou-se com freqüência), ou que o pensamento pensa somente em ritmo, entrecortado e arrebatado, apressado e paciente, empreendedor e fraturado, arriscando tudo nos seus significantes por meio de figuras e movimento, eu diria, transportando a fórmula cartesiana. Reconhecemos o poeta por "*son souffle retenu dans la peur d'une apparition*", sua respiração contida pelo medo de uma aparição, diria Mallarmé; seu "*bond sauvage*", seu salto selvagem (Rimbaud); e seu refrão, seu rejogo do lance de dados na seqüência que desliza.

Reconhecemos um poeta em Marcos Siscar, o redito de seu dito entre o *não se diz* ("não se diz dor da dor despida") e *o que se disse (a respeito do amor)* (p. 115).

A poesia é o ar que ele respira (p. 122). "Atravessou a rua como se atravessasse o Hades", e "eis no entanto que agita o forro do casaco / de neblina entre as luzes amarelas e se vai / cansado cansaço que eu quis tornar um confidente / você que tão prontamente me traiu". Ele "com sua idade" (p. 106) ofegando de interrogações ("como será seu dia depois deste sonho? quem / amará que livros lerá o que beberá / na cantina de costume? irá ainda ter na cantina / de

Não se diz

Mind the gap

o trem vai sair e nós sempre em atraso
carregando roupas demais pegando
carona no ato (pela janela do quarto
vê-se um riacho manso escorrendo arte)
enquanto em vão procuramos ofélia
ficamos parados diante do lapso talvez
incapazes do próximo passo nos avisa
o trem que o próximo passo é o salto

São José do Rio Preto, 2001.

Tome seu café e saia

a quem interessa o fracasso
do outro por que nos interessa
o fracasso ou a dor de viver
é mais forte que o abraço
(por que na despedida o beijo
só então inadiável por que
as mãos nos cabelos apenas
antes da morte os corpos se encontram)
eu lhe ofereço este cansaço
talvez você se interesse
talvez você morra de astúcia
tome seu café e saia

Sabia?

mozart morreu de triquinose e não sabia
(quem saberá de que matéria o fim
é feito?) pessoa era esquizofrênico
e não sabia qual era a sua alegria?
cabral não se sabia? daquele tipo
a quem não interessa a biografia
mas de que resposta precisa um homem
que pergunta? não interprete agora marcos
nesta voz que lhe fala só o sabiá assobia

Reversibilidade de beijos

vou viajar preciso de um beijo
você me diz de um jeito largo
refém da experiência sim já não
é pouco isso de querer dar sem
abrir a boca isso de querer cair
de boca seca no café pingado
sua carne branca seu estômago
fraco recitando sem pensar
uma ocasional filosofia isso de ter
sem querer de me deixar sem
pedir à beira de um zigoto mofo
à beira de um bonde de partir nós
somos irmãos ambos mudos me dê
vou viajar preciso de um beijo

Talvez

se você descesse de chinelos
a muralha do prédio e desse
com o primeiro passante e
sua máscara de vime fosse
folha da primeira palavra ali
como a vida o protegeria
vivo ou morto dos tapetes
brancos que o embalam no sono
(aproveite para descer o lixo
da experiência que eu fico
esperando você lá embaixo)

Psicanálise caseira

há coisas de sobra que não se dizem
há coisas que sobram no que se diz
nossa miséria é uma alegria de palavras?

Poema meio curto

talvez fosse necessário
você dar um tempo não
há nada como dar muito
para querer um pouco
só não se esqueça que
acaba

Caro leitor

a sinceridade é difícil entre nós
eu de intenções tão carente e você
você com suas broas de palavras
cuidando do pão que o diabo amassou
sobre tudo o que não foi dito tudo
o que ficou esperando um lugar
entre valas de desejos e porfins
tudo o que não é música não é
pedra não se diz em poética ou a sós
(sentei-me na sala clara escancarado
o sol entre nós ajuíza a parlamentação
nunca mais você me disse tão clara
doem os olhos abrir janelas de manhã)

É você quem sabe

é você quem sabe você decide
se hoje é dia de revide é você
quem sabe você me fere
quando penso que avisa você
mente quando cala confere
você é quem sabe você não
erra a esfinge que me encerra?

Poema sem melancolia nº 3

quis mudar de assunto você me amola
há anos não me vejo sem espelho (apenas
uma gargalhada sem força escapou um dia
pela persiana com defeito) já não fecha
assunto mudar de roupa não me serve fumar
charuto de la sucrerie em volta de uma mesa
de tomar conhaque o sangue fino de álcool
(e você que mal me conhece já engraxa
meus sapatos) mas que crueldade precisa
uma imagem de homem para admirar-se

Largo São Francisco

Diante do oráculo

junto de você me sinto velho
as escamas de suas mãos me
consolam seu cabelo sem brilho
me consola a falta de cicatrizes novas
quero dizer-lhe isso mas você me cala
para não desviar minha atenção

Tome seu café e saia

A LUZ DO SOL emudece os últimos
e a cidade iluminada tornou-se
um braseiro apagado onde o destino
amornece
hoje é o dia em que estar aqui será retorno
a pele retraída o olhar lento de sono
quem saberá por onde hei de passar

Borborema, 2002 – São José do Rio Preto, 1998.

ORFEU SONOLENTO

A escolha segundo Elia Kazan

personagens em direção ao rio
a câmera na copa das árvores
abre passagem entre ilha e balça
(o problema não é fixar-se diz ele
mas perder a capacidade de recomeçar)
recomecemos entre nós não há escolho
se algo existe entre a terra ora a terra
sempre estrangeira sempre indócil
e a migração the poet goes to america
sua escolha é esta o peito apertado
entre o passado e o por rir

A cidade dança

a aceleração da cor confunde a tarde
o carrossel elétrico dos carros passa atrás
do dorso de crianças crianças se escondem
para que o comércio feche suas portas
a boa esposa cultiva o entendimento
prédios discretos como privilégios saltam
do lugar onde não havia lei o cerrado fecha
a paisagem depois do último alambrado
súbita a noite estende um rosário descontínuo
de pérolas e parece que a cidade dança

Road movie

um coleóptero mudo saiu em tumulto
do parto de terra (nascer é um ato bruto)
borboletas estouram no pára-brisas
de tarde (morrer é quando se desopila)
o amor retirou-se o céu está limpo
como sem nenhuma nuvem (estar de luto)?

O pensador

a mão na testa não pensa não
é só mão na testa já é consolo
de pilar de pintura mas a mão
tem dedos nas extremidades
a mão que apanha e que segura
a mão que dedilha sobre a mesa
a mão no gesto que indica
para fora da janela são os dedos
o que da mão pesada pensa
(porém belo e infeliz o dedo
cansado da douta ignorância
deixa o feixe reteso das veias
e refugia-se no território
hospitaleiro do nariz)

Aprendiz de sedutor

no meio da sala a mulher
é um balão cheio de espera
se eu segurar suas tetas assim
sem mais nem menos
eu a farei feliz ou você
me fará infeliz será diferente
no canto da sala um homem
dedilha seu troqueu descendente

Perplexidade de cabelos

reteve as mãos à altura de cabelos
arrumados com cruel vulgaridade
a ensurdecedora vaia queimava
em torno do vidro transudado do copo
amargo de sono fermentado preferido
ao langor eterno de psique reteve
as mãos um instante o riso petrificado
nada mais que um frio esbarro de vento
e já alheia a si a mão inconseqüente
beijaria com as costas as abas do cabelo

Duelo (fair play)

amo se você me permite
a sua castidade longe do siso fácil
amo a sua frase torta sem sujeito
senão como um conceito velho vivo e outro
o tremor de suas coxas pressentimento da virtude
divina de um declínio proibido
à língua dos homens

Veraneio sentimental

se falo da morte você rola na areia
meu bem que lindo (quem disse
isso?) um cão cheio de plumas
casarios azulejos amor de puxar
uma trégua em tempo de paz
e se discordo você não diz não
me dá na boca o beijo sujo de batom

Outras moralidades

enquanto falei da morte você andou
sobre os dias distraído (não há coisa
mais atenta que um corpo compungido)
com o riso claro de quem passeia
mas também com a calma infecção
mais do que desapercebida (a palavra
rodeia redunda vaza do que se sabe
numa comoção de mal entendidos)
ouço suas lições de alegria e desatino
atento à cesura amanhã será um novo dia

Distração

seus cabelos curvam-se nas pontas
enquanto me diz que você só quer
gerar prender espremer gemer alegria
(para que tanto cabelo?)

Materno feminino

os pratos são fundos onde se come
a colheita da hesitante fertilidade
mangas pendem como tetas de cachorra
um vento sopra pensamentos de paineira
ao melado da fruta que os aprisiona

Schopenhauer desce aos infernos

e se a dor fosse apenas o fim da alegria
escondida um pouco aquém das (palavras
desconexas que você me estende como anúncio)
cores enfurecidas quase imemorável encontro
do docr com aquilo que dói reconhecimento
com liberação morte com prazer da renúncia
refinamento da tortura com a boa terapia
(freud fustiga schopenhauer pendurado
nas mandíbulas do inferno enquanto sua mãe
mete o dedo no nariz) comi a flor do pêssego
você me diz amanhã teremos filho

Sobre uma taça de cristal

não acreditar em nada em nada
que reluz em nada que persiste
não nada é só belo e de nada
garante acreditar não persiste
o lugar em que a mão pousou
com carinho fere agora a mão
que toca
esta cinza de cacos
vinda do fundo de um armário
como uma fênix disforme sem
nem mesmo cacos acreditar em quê
em nada ora acreditar por quê

Sob a cachoeira

só seus olhos guardam a lodosa astúcia
da pedra sobre a pedra mais alheia sem
esperança de retrato seus olhos levados
antes só pelo gosto do retratado enfim
percorrem sós a margem que brilha
onde tropeça e marcada pela pedra vê-se
a hora da transmutação a faz rir e rápida
você pula alegre sobre a água fugidia

A ALEGRIA DIFÍCIL

João Batista, rua estreita

tão fácil a que veio calada
revelar-me sem anúncio
tomou meu dedo em riste
consagrou-o com um beijo
tão fácil não foi o desenlace
cercado de difíceis minúcias
a veia não veio de graça
em torno de mim lábios
apertaram o nó grosso da verve
e mais uma sombra cobriu
a nuca de beijos de joelhos de
mais palavras arrebatadas
em que contrito a vir me anuncio

Não o vejo

fechando o portão de arrabalde
afiando a faca de cortar a carne
saindo às pressas da confeitaria
dizendo a missa da ritual igualdade
não é você nem eu mas como
não trazê-lo para nossa companhia
deixá-lo falar fazê-lo ensinar-nos
a fazer companhia
a nossa alegria e a dele (são como
dois velhos preceitos ensinando
uma filosofia que não pretendiam)

Balada da perda da voz

se um dia sonhei em tê-la inteira
a salvo do alarido afônico do dia
e transformada em escultura
vá você leve e ligeira dançarina
dar piruetas no coração do fato
como se o tossido fosse mais
que o gesto trágico do gemido
e vibrasse as cordas da ossatura
vá você leve e ligeira dançarina
dar piruetas no coração do fato
nada mais em você senão raiz
do fato exceto quando muda
torce brônquio pulmão esôfago
dá um nó no coração do fato
você ah leve e ligeira dançarina

O POEMA não foi feito para você
mas seu nome cabe nele tão perfeito
como se antes de ser feito o poema
já se visse a seu nome nome afeito
fosse feito do seu nome no poema
não haveria nada mais do que fora
feito em seu nome apenas caberia
ao nome o pretérito mais que perfeito
(antes mesmo ou depois de descoberto
o nome mais que perfeito atravessa
rumo à promessa do outro verso até
que da flor finalmente recoberta
o poema possa reter o gosto bruto
da leveza o seu nome guarda inteiro
a novidade do passado retirado
da imprudente e devastada singeleza)

Panteão

vê-se talvez numa foto bem ponderada
francis ponge sentado numa praça
sob um monumento branco de pedra
eis porém junto a uma chaleira de fazer chá
o pé caseiro de ponge assomando sobre a mesa
(lembrete: organizar o álbum de retratos)

Caixa

faremos um tratado sobre a mentira
(o homem saiu para comprar cigarro
só achou matéria de insônia poeira
fina para a água do copo) os poemas
são caixas onde colocamos um nome
caixas são coisas de guardar mentiras
par de sapatos coleção de figuras são
pretas para registrar o erro erro erro
corpo surdo que revela o ser quadrado
ou simetria vertical de um anarquista?
(os móveis do quarto conservam cheiros
amados a evaporação é impossível
salvo se à memória correspondesse
a umidade dentro de casa o mofo
que inspira) atento o sono aguarda

A Heitor Ferraz

A vingança do poeta

CENA ÚNICA

confuso entre moscas e galhos
de fenomenologia cansado
estar ou não estar: eis o poeta
com uma goiaba na mão

primeiro rústico (o poeta)

não sou eu nela não me representa não
me revela
agora é que eu sou ela
eu dentro dela vou vivendo sob a pele
enferrujada e amarela

segundo rústico (o verme)

sou da goiaba o bicho metódico
sou sua boa sintaxe sua moral sua bênção
meus buracos o guiam e protegem
ora a vida é uma goiaba bichada
basta seguir os rumos da perfuração

(*ri*)

primeiro rústico (*engole a goiaba*)

A Sebastião Uchoa Leite

Sobre a poesia dita profunda

a verdade não é o contrário (quem saberá
onde fica a superfície do fundo?)
é como o amor
aventura é começar de trás para frente

Carta a João Cabral

monoglotas austeros
batem portas outros rangem
pedras intempéries
de voz que apenas
deixam (você decide
você me leva me transfere
pelo tédio do árido pelos
interiores da cautela onde
a exclamação afoita medra
deixo-lhe aqui o monumento
esta cinza de cacos meu abraço
pronto para o salto adjetivo)
o post scriptum

O banho

fecho os olhos e escuto
a água caindo contra o crânio
fecho os olhos
e escuto para melhor ouvir
aquilo que penso
(o que da água seja prateado
e tenha língua de um fogo frio)
meu corpo está de pé
equilibrado pelo cerebelo
que o cérebro comanda
a água quente conforta o corpo
no seu porte enclausurado
(só sulfato de amônia e coco
perturbam o rigor do pensamento)

A Carlito Azevedo

Eppur se muove

que voz sem entusiasmo
entretanto
seria um dia ouvida?

A Raduam Nassar

CARTAS AO INIMIGO

Tudo é comum

não não devo ser o único a apertar o passo
na direção de coisas sem minúcia de coisas
que não me olham de coisas sem rumo não
não devo omitir que são nulas não devo
ser o único a passar diante do próprio rosto
fazer o ator de quem se crê dar alma à coisa
mim uma pedra para o prumo tão sensível
não serei mais que isto singular inespecífico
se digo o insignificante e o dever de dizê-lo
não serei o único a dizer e só suas mãos
me calam suas orelhas me auscultam o peito
você sorri me dizendo que tudo é comum

Quem tem pouco

a quem tem pouco sobra diz a máxima
quem tem pouco acha muito no mínimo
tudo parece uma questão de escala
mas para ele é que é preciso graça
quem tem pouco tem que ser um tanto
artista tem que ser sábio do ínfimo
quem tem pouco quer não mais mas
outro quer tudo tudo o descortina

São Paulo 1972

os anos duros eu conheci de perto
nacional era kid e proibido fumar escondido
cem mil rádios deletérios entoavam sólidos timóteos
nas paredes escuras o centro se imaginava roma
policiais com capacete traziam moleques pelo braço
os caminhos eram mais curtos na saída
quando se entrava de cabeça baixa
os ônibus urbanos mais altos do que a perna
borracha e fumaça eram náusea certa os anos duros
eu conheci de perto desde cedo com a cabeça
pelo vidro aberto botando a coisa para fora

Traduzido do poeta quando jovem

quando chove a chuva é para todos
as nuvens da tarde elefantes cegos
vistas da janela são retratos do dia
chove e tudo só depende de mim olhos
sem mágoa sem esperança não nada
será como antes só o decreto do gesto
chove e tudo independe de mim
tudo fora de mim em constrangedora
alegria trafega (se na janela um riso?)
quando chove a chuva é para todos
salvo se à chuva (nota bene) sucede
uma manhã banhada de sol

Acontece certo dia voltando para casa sem
pressa que o olhar levado em movimento
longitudinal sobre as omoplatas a duas
árvores velhas evoluindo para a calcária
casca enrugadas impedidas de movimento
pela diferença de ritmo do olho anacrônico
que as enquadra e as compreende pára e
à distensão que imprime ao rosto tornando-o
suscetível de alterações musculares rígidas
trazendo a imagem vista à pele do corpo pouco
afeito à fisiologia atravessando a rua colam-se
posturas de mulheres prenhes de passado sem
me ver retribuindo com seu lugar o fim
de tarde que nos carrega tão inflexível
(gravei um coração de pedra com seu nome)

LEMBRE-SE DE MIM diz o poema eu sem
saber que ter visto é mais perene
do que pode o esquecimento lembre-se
pois de mim só restará o excesso claro
repique do corpo sanctus adeus mozart
lembre-se (o verso junta os filhos do re
torno antes que a linha sem crise com
prida o alcance e lhe repare o transtorno)
mas as últimas palavras são inaudíveis
o silêncio se confunde com tão pouca voz
como esquecer o que não foi dito?

O corpo incha

tudo que intumesce suja
lábios seios caramujos
peles glandes e tumores
um cadáver por exemplo
é pura gordura de sabão
lave as mãos com detergente
palavras incham sem demora

O grito

transmuda o metal solene
em flores azuis sem geometria
tem um timbre orgânico
uma feroz cesura de nascimento
como se da terra só o germinar do evento
fosse um fato digno de nota
em torno jardineiros toscos
contam as flores do vaso que quebrou

O acidente

um carro vazio) por onde gravitam
populares em cores pastéis voltados
de costas na feira di cavalcanti sem
alarido nenhuma refulgência de vidro
só vazio apreensivo sobre a máquina
sem partida agora sem risco de desastre
se é que o desastre do ignorado evento
(de portas abertas ficou

Enquanto isso

enquanto o sarcófago de akhenaton passa no tomógrafo
você vomita o segredo do último rei monoteísta
e para curar-se do grande fora precisa cultivar o grande
dentro tratar o vício com o vício matar-se e ir ao cinema
mudar risco em perícia susto em consciência (eu aqui fora
trancado dentro do carro mãos sem dono passeiam pelo
[vidro
são medusas de nossa perplexidade

CONHEÇO apenas uma cidade (e isto dito
dizer o que quer que se quer que diga
é um enjôo sem fundo sem palavra
você cega e eu mudo sempre me agarro
a seus cabelos sem querer sem as mãos
uma contrição sem crença uma ambição
da inteligência? nada sei que só sei
que a palavra mão nasceu dos pés
descalços com que talvez me chamasse
uma indiferença igual a nada apenas
uma consideração do gesto enquanto isso
ingazeiros lançam raízes no rio e talvez
as formas urbanas preferissem um outro
receptáculo para tanta necessidade de vida)

PSICANÁLISE CASEIRA

Esfinge sem pergunta

(conversam ao pé da porta quando anoitece
alguns nos contam estórias outros nos fazem contemplar
contemplar não tem tamanho
até hoje não ouvi chuva de madrugada sem que estivessem
[à nossa espera
soubemos ser ousados onde
cai a poeira vermelha onde
o papel de seda fica enrugado ao sol do meio-dia
como saberemos se
como decifrar os seus segredos como vir colar o seu
[silêncio
contra a virilha contra o rosto lábios comecemos pelo fim)
[quem

Autobiografia não autorizada

não sou você nem eu nem isto
faço de mim o nosso excesso artifício você
já me tem mas me quer meu melhor
retrato distorce o que me visto preciso
de um beijo a outra metade
quem sabe é você
que enquanto desisto é que resisto
ao seu sábio precipício

Ao filho

o acontecimento não é o que acontece
mas o que vem acontecendo e talvez
um dia se possa dizer que terá acontecido
pedra que este nome lhe seja leve
entrar e sair desta vida é tarefa difícil
as respirações se aceleram com ruídos
travam combate com o vácuo da ausência
e desse encontro de águas me resta (a sua
boca uma harpa onde a vida entra em transe
seu nariz um inferno muito raso
sua orelha mordo esse legado insaturável)
você é meu espelho não o que reflete
mas um avesso claro aquilo em que me falto
talvez você nasça você vem nascendo
você é meu pai meu filho não há
dia em que não se morra ou não se nasça

O QUE VOCÊ QUER me dizer me diga
na sua frente sou um puro espelho
um espelho só seu eu o aparo
pelos ombros me diga o que fazer
o que fazer para tirar a sua dor
como viver diante de sua dor não
me diga o que eu sou resposta
para a pergunta é sua voz inaudível
me diga o que sou o que lhe quero
como dividir a sua dor me diga
me abrace não me deixe agora vá

Como consolo só resta aquela frase
foi melhor assim ou como alegria
o que foi é comparável? com que
coisa? com o que não foi talvez
o que não foi seria? ou será o mero
símile do meu consolo ou alegria
ou um impossível encarnado? foi
melhor assim de outra maneira
eu lhe digo estaríamos separados

Alguma coisa de vida

alguma coisa cresce dentro de mim
dilata o desejo de amor e de ser
amado dentro de mim pressiona
os músculos do coração martelado
pelo tumulto do espetáculo ah essa
cúpula de cores a que a retina adere
um tumor um filho um torno
alguma coisa aperta dentro de mim
contorce meus dedos leva de
assalto a tarde que ficou espreitando
meu silêncio (já nem sei o que queria
dizer que estou vivo enquanto expira
o poema ainda alguma coisa de vida

O barco afundado

até que o estio o devolva
(de sua consistência de alga
sagrada por quero-queros)
desejo calcinado à superfície
comido pelo fogo da ferrugem
âncora de si mesmo repousa
apenas sua corrente nos destina
a descer à verdade turva
interrompida por aguapés
incapaz de restituí-lo
força é reconhecê-lo

O rio devolve seus barcos

não vou resistir vou lhe dar um nome
o rio devolve seus barcos coisa tantas
vezes finda enquanto desliza deslinda
o que o corpo parado precisa o traço
longo e desmetrificado como um pé
deixado na areia ao ritmo da carroça
passa um infinito no meio do fim
deixo camões com suas armas os barcos
voltam desde há muito inesperados
infundem ferrugem ao verbo escorre

A pimenteira

bem antes do bater do vento no varal
as mãos amanheciam sob as roupas
em gestos ressentidos de domingo
(174 anos depois
um glóbulo branco ataca a infecção
por estreptococos no intestino de João VI
tarde demais) hoje o rio devolve
seus barcos e uma forma mais pura de grito
se prepara sob a pimenteira

Estar aqui seria estar longe de você
você me disse mas que distância
nos tem faltado aqui a cada hora
senão este irreparável acontecimento
de estar vivo se você estivesse aqui
enquanto o procuro no que dos olhos
se vê ou numa inflexão do toque
mal sabia que estar longe seria
tão definitivo tão inusitado tão adjetivo
delírio do lírico respaldo de verbo
para a nossa incontinência afetiva
ah se você soubesse o quanto e como
estar longe é o começo de estar vivo

Diabo triste

o diabo tem um olhar triste em que moram
pesados devaneios irmãos de todas as coisas
meu irmão mãos malhadas de passar a ferro
uma eternidade de palavras pernas magras
cruz de sua sede irrefletida os ombros curvos
sobre o pulmão o gesto fogueira do desejo
luzes foscas no cabelo as veias secas
como fontes em que o amor não entra mais
por mais que suplique não se tira o amor
não entra ar não sai não se tira mais seus ais
e sobre o corpo prometido a cal e argila
se imobiliza enfim uma alegria intransitiva
deus é seu hospital

Diante de si estas palavras e não outras
a boca disse e dirá e não terá sido pouca-
palavra sequer a sua não há conserto ou
festa apenas você isso muito me espanta
e o coração sem memória desperta
para o que não se deu ora tudo
que não se deu se pode dizer dizer não
se faz com fatos ah alegria da negação
todas as vezes que morri pergunte ao pó
o que direi se da sua voz não sobra
nada senão a atenção do gesto o corte
um ícone da privação do fluxo enquanto
olhos inundados por humores de urina
virão romper o nosso pacto de silêncio
e então meus braços farão o nó da
proximidade aflita diga quantas vezes
sua boca me destilou delírios quantas
vezes um gemido nos salvou um mundo

O RIO DEVOLVE SEUS BARCOS

... le transitoire, le fugitif, le contingent,
la moitié de l'art...

Charles Baudelaire

Metade da arte

Coleção Ás de colete
Coordenação Carlito Azevedo
Conselho editorial Aníbal Cristobo, Heitor Ferraz,
Marcos Siscar, Marília Garcia,
Paula Glenadel e Valeska de Aguirre
Capa e projeto gráfico Age de Carvalho
Foto da capa: Alaor Ignácio dos Santos Júnior

Catalogação na Fonte do Departamento Nacional do Livro
(Fundação Biblioteca Nacional)

SISCAR, Marcos
Marcos Siscar: Metade da arte
São Paulo: Cosac & Naify, 2003
Rio de Janeiro: 7 Letras, 2003
176 p.
Coleção Ás de colete:
Cosac & Naify ISBN: 75-7503-214-3
Viveiros de Castro Editora ISBN: 85-7577-056-x

Cosac & Naify ISBN: 85-7503-138-4 Vol: 04

CDD 869.1B

1. Poesia brasileira 2. Marcos Siscar

Cosac & Naify Edições
Rua General Jardim, 770, 2º andar
01223-010 São Paulo SP
Tel: [55 11] 3218-1444
Fax: [55 11] 3257-8164
info@cosacnaify.com.br | www.cosacnaify.com.br
Atendimento ao professor: [55 11] 3218-1466

Viveiros de Castro Editora
Rua Jardim Botânico, 674, sala 417
22461-000 Rio de Janeiro RJ
Tel: [55 21] 2540-0130
Telfax: [55 21] 2540-0037
editora@7letras.com.br | www.7letras.com.br

Marcos Siscar

Metade da arte

[1991-2002]

7 LETRAS] Cosac & Naify

♣ ♥ ♦ ♠

coleção **ás de colete**